Companheira de Quarto Dominante 2

Coleção Dominação Erótica

Erika Sanders

ERIKA SANDERS

Companheira de Quarto Dominante 2

Erika Sanders
Serie
Coleção Dominação Erótica

Sinopse

Victoria, Samantha e Cristina são três meninas que ocupam a mesma sala na universidade.

Um dia, Victoria, que é líder de torcida do time de futebol da faculdade, entra na sala suada e cansada de se exercitar enquanto Samantha estuda.

Ela tira a roupa para tomar banho, mas está tão cansada que relaxa um pouco na cama.

Samantha olha para ela com um olhar diferente do que ela faz todos os dias.

Mas Cristina está voltando da aula ...

Companheira de Quarto Dominante 2 é um romance com forte conteúdo erótico de BDSM e, por sua vez, um novo romance pertencente à coleção Erotic Domination, uma série de romances com alto conteúdo de BDSM romântico e erótico.

(Todos os personagens têm 18 anos ou mais)

Nota sobre a autora

Erika Sanders é uma conhecida escritora internacional, traduzida para mais de vinte línguas, que assina os seus escritos mais eróticos, longe da sua prosa habitual, com o seu nome de solteira.

Indice

COMPANHEIRA DE QUARTO DOMINANTE 2
ERIKA SANDERS

CAPÍTULO 1

Vicky abriu a porta do quarto e deixou cair sua bolsa de equipamento de líder de torcida no chão perto da porta.

Ela deixou escapar um suspiro de alívio: tinha sido uma longa prática e eles a deixaram exausta.

"Oi Samy", disse ele.

Samantha estava sentada em sua mesa, enterrada em seus livros de biologia, como sempre.

Ela afastou o cabelo castanho macio do rosto e tirou os óculos com uma das mãos, esfregando os olhos com a outra.

"Oi Vicky, como foi o treino?"

"Nada mal. Eu preciso de um banho, no entanto. Fiquei tão suado."

"Ei," Samantha disse, franzindo o nariz.

Vicky tirou os sapatos e tentou puxar a roupa de uma líder de torcida pela cabeça.

Ele ficou preso em seu cabelo, mas depois de puxar um pouco, ele saiu e jogou no cesto de roupa suja.

Então ela desabotoou o rabo de cavalo e deixou seu cabelo loiro cair sobre os ombros.

Ela passou a mão pelo cabelo, em seguida, alcançou as costas com as duas mãos e se atrapalhou com o fecho do sutiã.

Samantha ainda estava olhando para ela.

"Do que?" Vicky perguntou, confusa.

"Oh nada."

"Ei, venha me ajudar a desabotoar isso, estou um pouco cansado."

Samantha sorriu e revirou os olhos.

"Claro, como se ela não estivésse ocupada ou algo assim."

Ainda assim, ele colocou os óculos e se levantou, gesticulando para Vicky se virar.

Ela empurrou o cabelo de Vicky para o lado para agarrar o sutiã.

Vicky colocou as mãos nos quadris enquanto esperava.

Estranhamente, ele ouviu Samantha respirar fundo enquanto seus dedos ágeis lutavam para desabotoar o sutiã.

Samantha estava perto, um pouco perto demais.

"O que acontece?" Vicky perguntou.

"Sim, ele dobrou de alguma forma. Espere. Entendi."

Os seios de Vicky se soltaram quando o sutiã caiu no chão.

Ele o chutou em direção à base do cesto de roupa suja.

Virando-se, ele sorriu.

"Obrigado Samy."

"Sem problemas", disse Samantha enquanto voltava para sua mesa.

Vicky se espreguiçou e foi até a cama no canto do quarto.

Ela se sentou na beirada, vestindo apenas calcinha de algodão branco.

Ela bocejou, os olhos fechados, como uma gatinha, e se inclinou para frente, os seios roçando os braços dele, os joelhos tensos e os pés abertos para os lados.

Ela enrugou os dedos dos pés nos fios brancos e macios do tapete falso ao lado da cama.

Foi uma grande compra para o fim de semana no primeiro ano, quando ela e Samantha dirigiram para uma cidade litorânea meia hora a leste do campus.

Eles tiveram muitas ideias malucas e acabaram comprando várias coisas, enchendo a sala com objetos kitsch de meados do século passado.

Samantha tinha comprado para ela este grande tapete falso de tosquia como uma piada porque Vicky era uma vegana muito rígida na época (ela não era mais).

Foram bons momentos: apesar de se conhecerem como colegas de quarto no primeiro ano, eles se tornaram muito bons amigos.

Ela teria que tomar banho logo, mas Vicky estava tão cansada que se jogou na cama e se jogou contra os travesseiros contra a parede no canto.

Ela deixou cair os braços para os lados e suspirou novamente, fechando os olhos.

Depois de um minuto, ele ouviu os sons agitados vindos da direção de Samantha.

A cadeira afastou-se suavemente da mesa e ela ouviu os pés calçados de meias de Samantha cruzando a sala em sua direção.

Vicky esperou alguns segundos antes de abrir os olhos.

"Do que?"

Samantha continuou olhando para ela, em conflito.

"Há algo errado?"

Lentamente, mas decididamente, Samantha colocou o joelho na cama de Vicky e se esticou para deitar ao lado dela, de frente para ela, a um braço de distância.

Ele olhou profundamente nos olhos azuis brilhantes de Vicky.

Era como se Samantha estivesse ouvindo alguma coisa.

Vicky não sabia como reagir, mas ela nunca se sentiu tão nua.

"Não, está tudo bem," Samantha começou, depois de um tempo. Ela afastou o cabelo do rosto. "Você já imaginou..."

Ela desviou o olhar rapidamente, então olhou para Vicky, segurando seu olhar.

De repente, Samantha se inclinou e a beijou nos lábios.

CAPÍTULO 2

Vicky estremeceu inicialmente, mas depois cedeu quando os lábios de Samy pressionaram firmemente contra os dela.

Ela sentiu a língua de Samy sair de seus lábios e, surpresa, ela a sacudiu com a sua e suas línguas se tocaram brevemente.

Samantha se afastou com um suspiro.

"Sinto muito..."

"Shh ..." Vicky disse, surpreendendo as duas quando ela se aproximou da cabeça de Samantha e a puxou para os lábios.

Suas bocas se fecharam novamente, desta vez com mais fome, explorando.

Vicky enfiou a língua na boca de Samy e foi rebatida com um empurrão firme na direção dela.

Samantha se aproximou, muito mais perto, e acariciou o braço de Vicky, para baixo ao seu lado, e então de volta para sua axila, traçando as curvas suaves de Vicky.

Sua mão terminou sob o seio direito de Vicky, e ele a tomou suavemente, pressionando suavemente o mamilo entre o polegar e o indicador, sentindo-o ficar mais duro com seu toque.

Samantha sondou suavemente a boca de Vicky e passou a língua nos dentes pequenos e limpos de Vicky.

Quando Samantha se afastou, Vicky mordeu delicadamente o lábio inferior antes de soltá-lo.

Ambos estavam respirando pesadamente. Samantha olhou para o corpo de Vicky, então se inclinou e abaixou, abaixou até que sua mão descansou na frente da calcinha branca de Vicky.

Ela se abaixou um pouco mais.

Vicky fechou os olhos e deitou a cabeça no travesseiro

("Sim", ele respirou), e Samantha pôde senti-lo relaxar contra sua mão.

Samantha se inclinou sobre o pescoço exposto de Vicky e o beijou suavemente três vezes, parando no último beijo, mostrando a língua (salgada) enquanto pressionava a calcinha molhada de Vicky.

Ela abriu os dedos e sentiu a forma da vagina de Vicky através do tecido fino de sua calcinha de algodão.

"Uh huh," Vicky gemeu.

Samantha se inclinou ainda mais, continuou a beijar seu pescoço, deslizando a mão esquerda atrás das costas pequenas e arqueadas de Vicky.

Com a mão direita, ele começou a massagear para cima e para baixo, lenta mas seguramente.

A umidade logo se transformou em calcinhas molhadas.

Finalmente, ele deslizou a mão para cima e para baixo sob a calcinha de Vicky, seus dedos mergulharam em suas dobras de veludo, tateando seu sexo ardente para que os olhos de Vicky se arregalassem.

Ele os esfregou uma, duas, três vezes lentamente, então se afastou e se sentou.

"Isso foi bom ... espere não!" disse Vicky

Samantha levou os dedos à boca e os deslizou, saboreando os sucos de Vicky.

Quando ela terminou, ela se inclinou e enganchou os dedos nas laterais da calcinha de sua amiga.

"Isso tem que ir", disse ele.

Antes que Vicky pudesse protestar, ela começou a removê-los quando saiu da cama.

Vicky relaxou a bunda e levantou as pernas, deixando Samantha tirar a calcinha.

Samantha teve um vislumbre da bunda perfeita de Vicky e viu o rosa de sua buceta sob uma mecha de cabelo loiro encaracolado.

Ela lambeu os lábios, olhando para ele com avidez.

Rapidamente, Samantha desabotoou os botões da blusa e a jogou no chão.

Ele desabotoou a calça jeans e abriu o zíper, fazendo uma pausa, então enganchou os polegares nas laterais da calça e puxou-a para baixo.

Ela tirou as meias azuis claras e se levantou para revelar um par simples de cuecas recortadas em azul claro com uma flor bordada na frente.

"Não acredito que estamos fazendo isso", disse Vicky suavemente.

Samantha desabotoou o sutiã e o tirou, então enganchou os polegares nas laterais da calcinha, tirou-a e empurrou-a com o dedo do pé.

Samantha rastejou de volta para a cama e depois passou as longas pernas sobre a cabeça de Vicky, para trás.

Vicky ainda estava apoiada nos travesseiros e, de repente, ela se viu olhando diretamente para a boceta de Samy, a cerca de um centímetro de distância.

Sua flor rosa apareceu fracamente, e Vicky respirou profundamente o perfume fragrante de Samantha.

Sua boceta estava absolutamente raspada.

"Agora eu sei por que você passa tanto tempo no banheiro nas manhãs de sábado!" ela riu.

As risadas de Vicky foram interrompidas por um suspiro, quando Samantha passou a língua sobre o clitóris de Vicky e então a abaixou suavemente em seu buraco rosa molhado.

Ela se retirou rapidamente e riu deliciada, apoiando-se em um braço para afastar o cabelo castanho macio e luxuoso de seu rosto.

Ele desceu novamente, esfregando o nariz no cabelo loiro encaracolado de Vicky, respirando fundo e sorrindo.

Ela sentiu o hálito quente de Vicky em sua boceta nua.

Vicky alcançou as coxas de Samantha e agarrou seu traseiro com as duas mãos.

Levantando a cabeça ligeiramente para frente, ela abriu a boca e cobriu toda a boceta de Samy, deixando sua língua e saliva deslizarem por toda a área.

Samantha apertou o nariz com mais força contra os pelos pubianos de Vicky e abriu a boca em êxtase silencioso.

Os dedos dos pés dela ficaram tensos involuntariamente nos travesseiros de cada lado da cabeça de Vicky, enquanto ela fechava os olhos e massageava sua boceta com movimentos rítmicos e úmidos de sua boca.

Samantha alcançou ao redor das pernas de Vicky e sob sua bunda, e usando as pontas dos dedos, ela gentilmente separou os lábios de Vicky até que ela pudesse ver a umidade rosa quente de sua vagina interna.

Deixando seu cabelo cair ao redor de sua cabeça e acariciar a pele de Vicky, ele mergulhou, a língua primeiro e começou a lamber profundamente.

Oh, tinha um gosto forte pelo suor de seu treinamento, doce e almiscarado.

Ela lambeu para cima e para baixo com a língua.

Vicky ficou tensa contra o rosto de Samy e recuou.

Instintivamente, ela ergueu as pernas no ar e dobrou os joelhos, dando a Samantha um acesso mais profundo.

Ela agarrou a bunda de Samantha com força e empurrou o rosto contra sua boceta com vigor e variedade.

Eles logo caíram em um ritmo: Samy pressionava os lábios em Vicky enquanto Vicky inclinava a cabeça para frente, então Samantha pressionava sua boceta suavemente contra os lábios de Vicky enquanto ela se deitava no travesseiro.

Seus corpos, balançando lentamente de um lado para o outro, logo desapareceram em ondas cegas e brancas de prazer aparentemente sem fim.

A sala estava vazia de tudo, exceto os sons abafados da língua quente na boceta molhada.

Vicky sentiu primeiro, um aperto lento no estômago.

Mas o calor se espalhou como uma inundação lenta por seu corpo.

Ela gemeu enquanto pressionava a língua nas dobras da vagina de Samy.

Samantha sentiu Vicky gemer como um pequeno vibrador contra seu tenro clitóris.

Ela fechou os olhos quando se sentiu começando a se forçar ao limite.

Seu ritmo aumentou, muito ligeiramente, porque isso era o suficiente.

Eles podiam provar o que estava por vir.

Lambendo, chupando, pressionando seus lábios e línguas cada vez mais forte, eles sentiram a maré crescente um contra o outro enquanto suas ondas de prazer se aproximavam cada vez mais, e cada vez mais perto ...

E então, oh, estava acontecendo, e eles vieram, eles vieram tão lindos e maravilhosamente.

Vicky sentiu o sexo quente de seu parceiro fluir de seus lábios e queixo.

Samantha sentiu um sabor diferente, mais picante e um pouco azedo, no fundo da buceta de Vicky.

E os espasmos mais e mais e o prazer os inundaram como uma cachoeira, e parecia que nunca iria acabar.

E então lentamente, suavemente, acalmou, e eles se lamberam silenciosamente, e então Samantha rolou para o lado, enrolada, exausta, por enquanto.

Vicky olhou para o teto, passando as costas da mão pelo rosto, enxugando a umidade da boca, respirando profundamente.

Oh meu amor.

O sol entrava pelas janelas e tudo na sala parecia de uma cor diferente: tudo mudara de repente, preocupante, mas também deliciosamente.

Murmurando de satisfação, Vicky passou por Samantha, ainda de bruços, e a acariciou.

Samantha ergueu a perna para que Vicky pudesse descansar a cabeça na parte interna da coxa e descansou a cabeça na coxa de Vicky da mesma forma.

Vicky contornou Samantha e a abraçou com força.

"Eu te amo Samantha", disse ele.

Ondas de alegria encheram o peito de Samantha.

Ele esperou tanto tempo para ouvir essas palavras, e agora elas finalmente chegaram.

Eles logo se estabeleceram para lamber calmamente os sucos um do outro novamente, definhando no conforto de seu lado sessenta e nove.

E a porta se abriu.

E entre as pernas de Vicky, Samantha viu, parada na porta, boquiaberta de espanto, sua terceira colega de quarto: Cristina.

Oh não.

A doce e inocente Cristina, parada ali com sua mochila de couro nas costas, com aquele cabelo ruivo comprido e rebelde que caía sobre os ombros.

Com uma das mãos na maçaneta.

"Eu ... eu realmente sinto muito," foi tudo que ela conseguiu dizer, antes de sair da sala e fechar a porta apressadamente.

CAPÍTULO 3

Cristina estava no corredor, segurando a moldura da porta com uma das mãos, contra a parede, e respirando pesadamente.

O que ele acabou de ver?

Ele não podia acreditar: dois meses morando com eles e ele não suspeitava de nada.

Ela tinha reservas sobre ser uma caloura designada para um quarto com dois alunos do segundo ano que já se conheciam, mas ela não tinha ideia de que eles viriam para isso.

Ela não tinha ideia de que eles eram ... eles eram ...

O que ela deve fazer?

Ele teve que se mudar, ele teve que solicitar uma transferência.

De jeito nenhum ela se sentiria confortável sabendo que suas colegas de quarto eram amantes.

Era muito estranho e, mais do que ele temia, sempre seria dois contra um.

Mas então ... o que ele acabara de ver?

Ele não conseguiu, tentou, mas não conseguiu tirar a imagem da mente.

Foi muito, muito.

Eles estavam deitados na cama de Vicky, totalmente descobertos, nus e ... entrelaçados.

Apenas um emaranhado estranho e carnudo de pelo macio e aconchegante e pernas longas e finas.

Eles estavam ... comendo um ao outro.

Rostos enterrados entre as pernas.

E Samantha a tinha visto, ela estava olhando diretamente para ela com aqueles grandes olhos castanhos se arregalando de surpresa, sua língua ainda saindo da virilha de Vicky, que era tão ... rosa.

E a bunda de Vicky era tão bem formada e estava se movendo aconchegante.

Não não não.

A boca de Cristina estava seca e ela engoliu em seco.

Por que esses pensamentos estavam passando por sua cabeça?

É verdade que ela se sentiu sozinha.

Os caras certamente prestavam muita atenção nele, mas sua boa aparência mantinha muitas garotas distantes e distantes.

E ela sempre se sentiu deixada de lado por suas duas colegas de quarto, que certamente eram gentis e amigáveis o suficiente, mas sempre compartilhavam algo que ela não compartilhava.

E agora ela sabia.

Mas talvez ... ela não pudesse.

Ele não podia simplesmente entrar lá e encará-los.

Seria demais.

Mas ela queria saber.

Ela queria ver o que eles estavam fazendo.

Sua mão se estendeu e seus dedos pálidos e finos envolveram a maçaneta.

CAPÍTULO 4

Ela fechou a porta rapidamente atrás dela.

Vicky e Samantha se viraram para ela enquanto estavam no meio de uma conversa.

Eles estavam sentados na beira da cama, nus, conversando baixinho sobre o que acabara de acontecer.

Quando Cristina voltou ao quarto, Vicky puxou uma camiseta solta contra o peito em uma tentativa débil de cobrir os seios e começou a se levantar.

"Olha Cristina, sentimos muito ..."

"Você não precisa sentir. É que ... eu não sabia. E voltei porque deveríamos conversar sobre isso."

Cristina estava parada sem jeito em frente à porta, tentando desviar os olhos da visão do corpo nu de Samantha.

Ela brincou com a barra de sua saia xadrez marrom.

Vicky olhou para Samantha interrogativamente.

"Você nos pegou em um momento estranho," Samantha começou. "Nós nunca fizemos isso antes."

Cristina pensou sobre isso.

"Bem, de qualquer maneira, isso provavelmente vai ser estranho se vocês dois estiverem ... envolvidos, eu acho. Posso providenciar a transferência para outro quarto ou algo assim. Ok, não me importo."

Samantha assentiu com relutância, mas Cristina ainda não estava olhando diretamente para ela.

Pobre Cristina, ele pensou.

Isso foi um choque para ela.

Ela parecia tão doce, parada ali nervosamente em sua blusa branca limpa e saia pequena marrom.

Suas pernas longas e magras estavam cobertas por grandes botas de couro marrom que iam logo abaixo dos joelhos delicados.

Cristina mexeu com a ponta da bota esquerda, girando quase o calcanhar, um pouco, maliciosamente.

Ele ainda evitou o olhar de Samantha, até que finalmente seus olhos se encontraram por um instante, e seus olhos brilharam de vergonha.

As bochechas de Cristina coraram.

"Eu ... eu não sei por que voltei, eu deveria voltar depois que eles estiverem vestidos."

"Espere", disse Samantha.

Ele se levantou e caminhou lentamente pela sala descalço, diminuindo a velocidade ao se aproximar de Cristina.

Ele pensou em mil coisas possíveis para dizer, mas acabou dizendo:

"Você deveria largar o saco."

Cristina tirou-o do ombro sem pensar e Samantha estendeu a mão e ajudou-a a colocá-la no chão.

Nua e ansiosa, ela ficou um pouco afastada, mas bem próxima, de Cristina e olhou diretamente para ela.

Os olhos de Cristina percorreram a sala freneticamente, olhando para todos os lados, menos para Samantha.

Sua respiração tornou-se superficial e rápida.

Ele finalmente pousou o olhar nos seios nus de Samy, seus mamilos perceptivelmente endurecidos.

Samantha estendeu a mão e ergueu o queixo de Cristina.

Ele se inclinou e Cristina fechou os olhos e suas bocas ficaram juntas, abertas e saborosas.

Cristina gemeu em uma mistura de consternação e prazer.

Ambos ouviram o som suave de Vicky liberando a camisa que ela segurava em seu peito.

Cristina sentiu as mãos de Samantha se moverem para cima e para baixo em seus lados e pressionar, e ela abraçou Samantha hesitantemente em troca, deslizando as mãos pela lateral de seus seios nus, e então para baixo e para trás para segurar sua bunda firme e completamente.

Eles pressionaram seus corpos juntos, e então Samantha se afastou um pouco.

Ela sorriu maliciosamente e começou a desabotoar a blusa de Cristina.

Cristina abriu a boca para protestar, mas de repente Vicky estava lá ao lado de Samantha, um olhar sério de desejo em seus olhos.

"Oh Cristina" foi tudo que ela conseguiu segurar, pressionando os lábios apaixonadamente contra os lábios surpresos, mas encantados de Cristina.

Vicky se encostou em sua boca, saboreando a doce boca de Cristina.

Samantha acabou de desabotoar a blusa de Cristina e pressionou as costas contra a porta.

Vicky se jogou no chão, agachada, até ficar bem na frente da saia de Cristina.

Ele pressionou o rosto contra a virilha e respirou fundo através da manta áspera.

Enquanto Cristina olhava para baixo, Samantha estendeu a mão e agarrou o sutiã de Cristina.

Ele recusou para que os dois seios de Cristina se espalhassem.

Sua língua tocou um dos pequenos mamilos rosados de Cristina, e Cristina sentiu pequenos choques elétricos subirem e descerem por sua espinha.

"Oh!"

Samantha circulou o mamilo com os lábios e o chupou suavemente, massageando o pequeno caroço com a língua.

Então Samantha começou a massagear e massagear ambos os seios com as mãos, aplicando a boca quente primeiro em um mamilo, depois no outro ... empurrando, provocando, chupando.

Vicky levantou a frente da saia de Cristina com uma das mãos, revelando sua calcinha tipo biquíni de algodão.

Com a outra mão, ele lentamente empurrou a calcinha de lado.

Os lábios da boceta de Cristina estavam molhados e ligeiramente protuberantes, e Vicky sentiu um arrepio de luxúria em seu pescoço.

Ele levantou a ponta da língua ligeiramente para cima e através de seu clitóris, sentindo Cristina enrijecer contra a porta.

Ele se abaixou com a língua trêmula e começou a comê-lo seriamente.

Deixando a saia descansar em sua cabeça, Vicky se esticou e começou a massagear sua própria boceta molhada e encharcada.

Sentindo a língua quente em sua buceta pela primeira vez, Cristina estendeu a mão livre, procurando por algo, qualquer coisa: ela enrolou os dedos na maçaneta da porta e rapidamente se tornou a única coisa que a impedia de desabar no chão, enquanto as sensações de Samantha sugando seus seios e Vicky comendo sua boceta ameaçavam dominá-la de êxtase.

Ele ofegou por ar (dentro e fora com cada descarga de prazer) enquanto lutava para não gemer.

Tudo acontecera de forma tão repentina e simples: Cristina nunca havia imaginado que poderia ser tão consumida pelo desejo por mulheres.

Mas aqui estava.

Ela certamente tinha experimentado algumas fantasias fugazes nas poucas ocasiões em que vira suas atraentes colegas de quarto vadiando de roupa íntima, mas nada a havia preparado para as sensações de ... oh, oh, oh! Vicky rapidamente cutucou e enfiou a língua para fora do buraco de Cristina.

Sorrindo, Vicky tirou a cabeça de debaixo da saia de Cristina.

"Mmmmm ... você tem um gosto muito bom, querida!"

Vicky começou a procurar o zíper da saia de Cristina.

Samantha beijou dos seios de Cristina ao pescoço, e então estendeu a mão e desabotoou o sutiã, puxando-o e deixando-o cair para o lado.

Ele também ajudou Cristina a desviar a blusa dela para o chão.

Enquanto fazia isso, Vicky conseguiu desabotoar a saia de Cristina, e também a derrubou no chão, arrastando a calcinha amarela de Cristina até os tornozelos.

Levantando a mão, ela agarrou as duas mãos de Cristina e se levantou.

Ela sorriu, olhando nos olhos espantados de Cristina, depois nas pernas, ainda cobertas por aquelas botas de couro.

Ele olhou para cima lentamente, saboreando as pernas longas de Cristina, cintura fina e seios perfeitamente torneados.

"Vamos nos divertir. Cristina, você é ... incrível."

Ainda segurando as duas mãos de Cristina, Vicky a ajudou a tirar totalmente a calcinha e a empurrou suavemente para dentro do quarto.

Eles acabaram novamente ao lado da cama de Vicky, e se juntaram para se beijar e se tocar em outro abraço.

Samantha ficou atrás de Cristina e passou as mãos em sua bunda perturbadora.

Em vez de ir para a cama, Vicky colocou Cristina no chão e gentilmente a deitou no tapete de pele de carneiro falso.

Quando Vicky a abaixou, passando a mão em sua nuca, Cristina olhou para Vicky com os olhos cheios de confiança e entusiasmo.

Deitada no tapete, Cristina ronronou com aprovação enquanto mechas brancas macias a envolviam, fazendo cócegas em seus ombros e costas.

Pequenos paus acariciando sua bunda e cortando um pouco, fazendo sua boceta molhada apertar ligeiramente em resposta.

Ela estava deitada com as pernas abertas, os joelhos dobrados, os pés no tapete, com Vicky ajoelhada entre eles.

Vicky escorregou até ficar sobre os cotovelos e joelhos, a cabeça voltada para a buceta de Cristina.

Estava ligeiramente partido e os lábios nus, apenas uma pequena mecha de cabelo ruivo cacheado em seu clitóris.

Ele deslizou as mãos sob a bunda de Cristina, levando seu sexo aos lábios de sua boca, e então deu um beijo firme e suave no clitóris de Cristina.

Cristina exalou audivelmente.

Vicky o beijou novamente, desta vez ela ficou abaixada, novamente chupando suavemente, suavemente, suavemente, então sua língua deslizou para fora e sobre a buceta de Cristina.

A boca dela estava aberta, umedecendo e massageando ele.

Cristina arqueou as costas e encostou a cabeça no tapete, a boca aberta e os olhos fechados de prazer.

Um pequeno gemido escapou dele.

Samantha, parada na frente deles, não podia mais ficar fora dessa fantasia.

Foi uma bela visão: Cristina se contorcendo no tapete com Vicky comendo ela, seu pequeno traseiro bem torneado vibrando no ar.

Samantha ficou de joelhos atrás de Vicky também, e Vicky podia sentir o nariz de Samantha em sua fenda e seu hálito quente em sua pequena boceta.

Samantha começou a lamber e cavar em suas dobras, e por alguns breves momentos, Vicky se viu inacreditavelmente no elo central de uma corrente de luxúria lésbica.

Ele imaginou o prazer que entrou em sua vagina, subiu por seu corpo e deixou sua boca chupando.

Depois de meio minuto, Samantha deu um passo para trás e se ajoelhou.

Ela veio por trás e para a esquerda de Vicky, roçando sua virilha contra a curva da bunda de Vicky.

Samantha abriu as nádegas de Vicky com a mão direita e começou a massagear firmemente sua boceta, agora com uma visão completa dos efeitos de sua mão na ação quente que se desenrolava no chão à sua frente.

Cristina abriu os olhos novamente e apoiou-se nos cotovelos.

Ele estava observando enquanto Vicky repetidamente empurrava a boca contra seu monte.

Vicky ergueu os olhos, viu Cristina olhando espantada e puxou um pouco a boca.

Ele estendeu sua língua comprida e pontuda e separou os lábios de Cristina, causando as dobras com um pequeno movimento da esquerda para a direita.

Cristina continuou a assistir, fascinada, enquanto a língua úmida e brilhante de Vicky traçava o rosa por entre os lábios da boceta de Cristina, deslizando para cima e para baixo, e para cima e para baixo novamente por toda a sua boceta.

Vicky retirou ligeiramente a língua e um fio fino de saliva e os sucos doces de Cristina espalharam-se entre a língua e a vagina.

Vicky jogou a língua para trás, agora com a ponta no clitóris de Cristina.

Ele girou a ponta da língua em pequenos círculos, enviando ondas de choque pelo corpo de Cristina.

Os pés de Cristina escorregaram do chão enquanto ela levantava os joelhos, estendendo a mão para as atenções de Vicky.

Vicky agarrou seu traseiro com mais força e ergueu o centro de gravidade de Cristina.

Sua língua deslizou para baixo e ao redor do pequeno buraco apertado de Cristina e começou a enfiar a ponta da língua dentro.

Aos poucos, a resistência foi diminuindo e Vicky foi capaz de enfiar lentamente uma parte considerável da língua no buraco de Cristina.

As paredes vaginais quentes e texturizadas da vagina de Cristina agarraram e puxaram a língua de Vicky, rítmicas e ansiosas.

Pequenos espasmos involuntários sacudiram a barriga de Cristina.

"Oh. Sim. Coma-me." Cristina ficou surpresa com as palavras que escaparam de sua boca.

Ambas maravilhadas com o entusiasmo de Vicky, Samantha e Cristina se entreolharam e olharam profundamente nos olhos uma da outra.

Samantha sentiu algo se mexer dentro dela enquanto Cristina continuava a encará-la, sua expressão endurecendo e cada vez mais confiante.

Vicky continuou pressionando a mão de Samantha e lambendo Cristina, alheia ao silêncio repentino.

Os olhos de Cristina brilharam e se estreitaram em convite.

Seus lábios se separaram e a ponta de sua pequena língua molhada traçou seu lábio superior lentamente.

Samantha acenou com a cabeça em compreensão.

"Venha aqui," Cristina sussurrou.

Samantha se levantou, a emoção percorreu seu corpo.

Ele ficou na ponta dos pés atrás da cabeça de Cristina.

Samantha ajoelhou-se e abaixou o rosto para ficar de bruços na frente de Cristina.

Cristina estava em conflito: a língua de Vicky a fazia dançar até o limite, mas ao mesmo tempo ela tentava transmitir o quanto amava Samantha.

Tão doce, tão tentador, Samantha pensou.

Sorrindo, Samantha beijou-a: as sensações da superfície de suas línguas em contato direto surpreendeu a ambas.

Eles se beijaram com fome, mordendo suavemente os lábios e saboreando um ao outro.

Samantha se arrastou para frente, de bruços, e seus seios encontraram suas bocas, lambendo e sugando.

Cristina ficou encantada com a sensação do mamilo de Samantha endurecendo entre os lábios, enquanto ela chupava suavemente um de seus seios flácidos.

Rastejando ainda mais para frente, Samantha acabou de joelhos, montada no peito de Cristina, para trás.

Ele olhou por cima do ombro para encontrar o olhar surpreso de Cristina.

"Está pronta?" Perguntou Samantha.

"Sim," Cristina respirou.

Lentamente, Samantha sentou-se no rosto de Cristina.

Cristina abriu bem a boca e estendeu a língua, enquanto a carne macia e tenra de Samantha a cobria suavemente.

Deslizando a língua sobre o clitóris de Samantha e por sua fenda, ele saboreou sua boceta pela primeira vez e ... Samantha tinha um gosto tão bom!

Cristina respirou fundo, com o nariz enterrado nos recessos de Samantha, e começou a lamber ritmicamente os lábios molhados, também molhados de saliva.

Samantha podia sentir sua pequena língua debaixo dela e fechou os olhos de prazer.

Isso estava muito além de seus sonhos.

Vicky, que ainda comia a bucetinha de Cristina, parou e ficou de joelhos, assistindo ao show na frente dela.

Samy, seus olhos ainda fechados, sua boca aberta em êxtase, e seu elegante cabelo castanho escuro estava despenteado ao redor de sua cabeça, despenteado por seu amor.

Para Vicky, ela nunca parecera tão bonita.

E lá estava ela, balançando ligeiramente para cima e para baixo enquanto cavalgava no rosto de Cristina.

Samantha abriu os olhos e sorriu para Vicky, animada.

Vendo que a buceta de Cristina estava livre, Samantha aproveitou a oportunidade e abaixou o rosto, inclinando-se, para continuar de onde Vicky havia parado.

Ele enfiou a língua no crack de Cristina, provando-o pela primeira vez, e deu um gole no suco que agora escorria copiosamente.

Vicky deixou que eles comessem um ao outro, por um tempo, com fome e desejo em seus quentes sessenta e nove anos.

As pernas de Cristina agora estavam muito altas, os joelhos quase nos ombros de Samantha, conforme ela se aproximava de seu corpo.

Samantha colocou os braços na frente das coxas de Cristina enquanto enfiava a língua dele em sua boceta, ao mesmo tempo apertando sua própria boceta na boca travessa de Cristina.

"Ummm, ummm, ummm ..." eles rosnaram junto com os dois.

Vicky tocou a nuca de Samantha, fazendo-a desviar o olhar de sua lambida.

"Tive uma ideia", disse Vicky.

CAPÍTULO 5

Relutantemente, ela abaixou as pernas de Cristina e se levantou, ainda sentada na boca implacável de Cristina.

Mas ela tinha visto o brilho nos olhos de Vicky e sabia que isso seria bom.

Vicky se aproximou de Samantha e a beijou, saboreando os sucos de Cristina em sua boca.

Então ela se virou e montou em Cristina também, suas costas roçando nos seios de Samantha.

Ele agarrou a parte de trás dos joelhos de Cristina e dobrou suas pernas com botas de couro novamente para que ele pudesse ver a boceta de Cristina.

De pé, ela se inclinou completamente, com a flexibilidade de uma líder de torcida, apoiando as mãos no tapete de pele de carneiro na frente do traseiro de Cristina.

Ele abaixou a boca para que ficasse bem na frente da buceta encharcada de Cristina e mergulhou nela.

Samantha se viu boquiaberta de espanto, olhando diretamente para a boceta estendida de Vicky.

Vicky estava de pé, quase ereta, os músculos de suas belas pernas tensos e tremendo ligeiramente.

Samantha puxou os joelhos para firmá-la.

Sem precisar de mais estímulos, Samantha pressionou o rosto contra o sexo de Vicky, completando um triângulo quase impossível de bocas quentes em bocetas molhadas e gotejantes.

Cristina, ainda enterrada sob Samantha, acelerou o passo.

Ela tinha ficado muito excitada ao trocar de línguas em sua boceta antes.

De seu ponto de vista, ele podia ver além das costas pequenas e lisas de Samantha, e vislumbrou a cabeça de Samantha enterrada entre as nádegas de Vicky.

Cristina sentiu um caloroso rubor percorrer seu corpo: toda essa cena era mais quente do que qualquer coisa que ela havia imaginado.

Cristina já tinha tido mais prazer do que podia suportar e, finalmente, quando sentiu a pequena língua de fogo de Vicky deslizar para dentro e para fora de sua boceta e em seu clitóris, Cristina sabia que estava perto de gozar e que não seria capaz de se conter para isso. mais tempo...

Vicky começou a resistir cada vez mais forte contra a boca de Samantha, até que Samantha finalmente não aguentou mais.

Levantando as mãos, Samantha cavou dois dedos de cada mão no buraco de Vicky e deslizou a língua com força contra seu clitóris.

Quase imediatamente, Vicky começou a gozar.

Jatos de sucos brancos correram por sua boceta e por todo o rosto de Samantha.

Samantha deixou cair algumas gotas em sua boca aberta.

Ao mesmo tempo, ondas de orgasmo percorreram o corpo de Cristina.

A onda de sexo ardente encheu todos os seus sentidos, e ela se sentiu se aproximando da borda de uma cachoeira gigante.

Seu grito de clímax foi abafado contra a boceta de Samy.

Vicky, mal ciente do que estava acontecendo ao seu redor desde a chegada de seu orgasmo, esperou até que os espasmos na buceta de Cristina diminuíssem.

Ela caiu para frente, enquanto os dedos de Samantha deslizavam para fora de sua vagina.

Ela se enrolou de lado em posição fetal no tapete de pele de carneiro, sorrindo.

Foi tão incrível.

Samantha, ainda sentada na boca de Cristina, enxugou o suco do rosto e sorriu de volta.

Estava mais quente do que nunca em sua vida, e ela podia sentir o formigamento revelador de seu próprio orgasmo.

Mas Cristina teria que trabalhar para isso.

"Vamos, baby, você pode me fazer gozar", disse ele.

Cristina acelerou o passo.

Samantha se encostou no rosto de Cristina.

Ela fechou os olhos e lambeu os lábios enquanto colocava as palmas nas costas arqueadas.

Ela começou a balançar suavemente para cima e para baixo, parecendo equilibrar seu peso com perfeição na ponta da língua de Cristina.

Cristina, quase se recuperando do orgasmo, sentiu uma nova emoção com a ideia de provocar o orgasmo em outra garota.

Ele ergueu as mãos e acariciou os seios bem formados de Samantha, correndo os dedos sobre os mamilos duros.

Quando Samantha pressionou mais o rosto, Cristina começou a colocar a língua dentro e fora da boca com mais firmeza e força.

A ponta da língua dele deslizou pela ranhura entre os lábios da boceta de Samantha e contra seu clitóris molhado e escorregadio.

Para frente e para trás, para frente e para trás.

Samy estava quase lá.

Vicky observou Samy flertar com os limites de seu orgasmo.

Seus olhos permaneceram fechados e sua boca aberta de prazer, seus lábios brilhando.

"Eu vou gozar ... hum ... estou indo! Oh! Sim! Estou indo!"

Samantha jogou a cabeça para trás, com a boca aberta, e se perdeu no clímax.

Ela correu, correu, correu.

Calor, sexo, línguas, garotas comendo.

O tempo parou quando ele sentiu sua essência dominada por um êxtase incandescente.

Depois do que poderia ter sido uma eternidade, ele lentamente sentiu cada um de seus sentidos retornar.

Primeiro, a sensação da língua de Cristina lambendo os sucos bem no fundo de sua vagina.

Em seguida, o som de sua própria respiração difícil, voltando ao normal.

Finalmente, o cheiro almiscarado de sexo e as três garotas se juntando na sala.

Ela abriu os olhos.

Vicky estava deitada na frente dela, apoiada em um cotovelo, sorrindo.

Samantha se afastou da boca de Cristina e se arrastou para a frente apoiada nas mãos e nos joelhos.

Ele beijou Vicky suavemente, ambos rindo.

Ele se virou e, olhando para o olhar de satisfação de Cristina, seu sorriso se suavizou.

Samantha se abaixou e olhou nos olhos dela.

"Obrigada", disse ela, antes de pressionar a boca contra a de Cristina, as línguas se misturando, o gosto da própria boceta de Samantha ainda nos lábios de Cristina.

Após longos e ternos momentos, ela se retirou.

Cristina olhou para ela com pura adoração.

Samantha deitou-se no tapete ao lado de Cristina e elas se abraçaram.

Vicky rastejou para se juntar a eles, e eles deixaram os próximos minutos passarem no sol da tarde, beijando suavemente, sussurrando palavras doces, acariciando mãos, joelhos e pés, rindo enquanto casualmente mergulhavam seus dedos nos quentes. e bichanos molhados.

Eles estavam relaxados, molhados e abertos, depois de descer de suas alturas orgásticas, e havia um sentimento mútuo de euforia, de que eles confiavam um no outro completamente.

CAPÍTULO 6

Vicky acabou acariciando Cristina por trás, escovando delicadamente seus cabelos ruivos e acariciando sua nuca.

Samantha estava do outro lado, inserindo Cristina entre eles.

Uma pausa de silêncio contente passou por eles, e Vicky deslizou a mão pela lateral de Cristina e começou a acariciar sua bunda.

Cristina estava aninhada e Vicky sorriu enquanto suas mãos se moviam sobre as bochechas redondas e bem torneadas de Cristina.

Tão macio e tão terno.

Com três dedos, Vicky os mergulhou entre as nádegas de Cristina e começou a massagear seu sexo.

Cristina murmurou em aprovação.

Vicky enfiou o dedo médio e Cristina apertou com força.

Mordendo de leve o ombro de Cristina, Vicky começou a bombear para dentro e para fora: ela puxou o dedo de forma que apenas a ponta ficasse para dentro, então o empurrou lentamente em direção ao nó do dedo e puxou novamente.

"Ooooohhhh ... Então, Vicky, assim."

Samantha sorriu, deitada de lado na frente de Cristina.

Com a mão dele sob a cabeça de Cristina, eles se juntaram e começaram a se beijar.

Seus lábios eram salgados, úmidos e saborosos.

Seus seios estavam pressionados e seus mamilos endureceram mais uma vez.

Samantha sentiu o ritmo do corpo de Cristina recomeçar enquanto Vicky continuava a foder constantemente por trás.

Samantha deslizou uma das mãos pela frente do corpo de Cristina enquanto se beijavam, e pousou a ponta dos dedos no topo do monte pulsante de Cristina.

Ela acelerou o ritmo e começou a esfregar o clitóris de Cristina com pressão crescente.

Cristina sentiu o formigamento familiar subir por seu pescoço e suas costas arquearem enquanto os dedos de seus dois companheiros faziam magia dentro dela.

Ela podia sentir o calor de seus corpos pressionados em cada lado dela.

Os lindos seios de Samantha se moveram contra os dele, e ele imaginou Vicky atrás dela, aquela loira bonita e alegre com seus olhos azuis brilhantes e sorriso contagiante.

Aquela mesma garota adorável foi agora quem lambeu o lóbulo da sua orelha enquanto colocava o dedo dentro e fora do buraco de Cristina cheia de prazer.

Estava tão úmido que eu podia ouvir o dedo entrando e saindo agora.

Os dedos de Samantha em seu clitóris também enviaram pequenos choques elétricos por todo seu corpo.

Ela abriu a boca e pequenos suspiros escaparam quando o ritmo a alcançou.

Seu corpo inteiro começou a tremer quando ondas suaves de orgasmo a invadiram, uma e outra vez.

Samantha sorriu enquanto segurava o corpo trêmulo de Cristina.

Vicky sentiu a mancha molhada sair de sua mão e continuou bombeando o dedo para dentro e para fora até que a contração da vagina de Cristina diminuiu.

Suspirando de satisfação, ela começou a retirar o dedo.

"Não pare," Cristina ordenou, sua voz forte e determinada.

Ele olhou nos grandes olhos castanhos de Samantha.

Samantha olhou para trás interrogativamente, e o canto de seu sorriso se curvou em compreensão.

Cristina acenou com a cabeça.

"Vicky, coloque outro dedo dentro", disse Samantha.

Surpresa, Vicky deslizou facilmente o dedo indicador ao lado do dedo médio, sentindo as paredes da boceta de Cristina apertarem com aprovação.

Ela começou a bombeá-los para dentro e para fora novamente, ajudada pelos sucos escorregadios de Cristina.

Samantha começou a tocar no clitóris de Cristina.

Cristina olhou para Samantha com espanto.

Ela queria isso.

Ela queria isso mais do que tudo.

Ela queria que Vicky se pressionasse contra ela por trás, seus pequenos mamilos rosados roçando suas costas, rosnando em sua vozinha fofa enquanto ela enfiava dois dedos no buraco úmido e aconchegante de Cristina.

Ele queria Samantha, a bela Samantha, com seu luxuoso cabelo longo e escuro, seus longos cílios sexy, seu narizinho fino e aqueles lindos lábios vermelhos expressivos.

Brilhante e úmido, a ponta de sua língua rosa esfregando contra eles enquanto ela se concentrava nos movimentos experientes de sua mão contra o clitóris latejante de Cristina.

Samantha se inclinou um pouco mais para baixo, ainda esfregando o clitóris de Cristina, mas agora suas pontas dos dedos deslizaram contra os dedos de Vicky, bombeando apaixonadamente na boceta de Cristina, escorregadia e coberta de seus sucos.

Cristina sentiu os dedos de suas amigas se misturando freneticamente embaixo dela, empurrando, esfregando e deslizando contra seu sexo quente e úmido, e seus olhos verdes brilhantes se arregalaram.

Quando ele arqueou as costas e cerrou os punhos, teve uma sensação semiconsciente da magnitude do que estava por vir.

Quando sua visão começou a enfraquecer, ela ouviu os sons quentes e úmidos dos dedos de Vicky entrando e saindo de seu buraco com um tom febril, enquanto os dedos de Samantha pressionavam cada vez mais forte contra cada parte de seu clitóris e boceta molhada.

E então ... e então ...

Ela estava vindo.

Ele jogou a cabeça para trás, fechou os olhos com força e abriu bem a boca em um grito glorioso e silencioso de êxtase incomensurável.

Ela estava vindo.

E ela estufou o peito enquanto um milhão de explosões sacudiam seu corpo liso e leitoso.

Ela estava vindo.

E ela sentiu uma avalanche de ondas quentes em sua boceta e ao redor dos dedos de Vicky e Samy.

E a consciência de Cristina desapareceu nas ondas do orgasmo sem fim.

.

FIM

TRAÍDA
ERIKA SANDERS

45

Capítulo I

Becky ouviu o som da chave na fechadura.

Ele desceu as escadas correndo, acendeu a luz do corredor e abriu a porta.

Jack estava lá na chuva, encapuzado sobre a cabeça, a chave parando na mão enquanto seus olhos escuros a encaravam.

"Oh meu Deus, você veio", disse Becky alegremente.

Ela pulou para frente e passou os braços em volta dos ombros dele, abraçando-o, sentindo a chuva que cobria seu casaco se infiltrar no topo de suas roupas apertadas.

Ela não se importou.

O homem dela estava aqui e isso era tudo o que importava.

Ela soltou Jack de um abraço efusivo e colocou as mãos ensopadas em seu rosto.

Sua expressão séria não mudou.

"O que há de errado?", Ela disse.

"Nós precisamos conversar."

Becky sentiu um frio no estômago, mas se afastou para deixar Jack entrar e tirar as botas molhadas.

Ela entrou na sala, esfregando os braços nervosamente, enquanto esperava Jack lhe dar as más notícias, quaisquer que fossem.

Em seguida, ele entrou na sala, ainda com uma expressão séria no rosto magro.

"Dê-nos uma bebida, por favor", disse ele.

Becky foi até o carrinho de bebidas e serviu dois conhaques.

Sua mão tremia quando ele estendeu um dos copos e bebeu a dela rapidamente.

Jack aproximou-se da cadeira com as meias um pouco úmidas.

A imagem que ele deu assim foi um pouco engraçada.

Ela teria rido se não fosse o momento tenso.

Ele se sentou na beira do assento, sem acomodar-se, sem tirar o casaco enquanto se preparava para dar as más notícias.

Ele tomou um grande gole de conhaque antes de falar.

"Ela sabe tudo sobre nós", disse ele depois de tomar o licor com um suspiro final.

Becky sentiu os joelhos enfraquecerem, o coração disparar.

Outro copo de conhaque foi derramado.

Ele caminhou até o sofá em frente a Jack e sentou-se.

"Quão?" Ele disse depois de outro gole do líquido quente.

"Disse-lhe."

Becky franziu o cenho.

"Você contou a ele? Por que diabos?"

"Eu não aguentava mais."

Becky se levantou.

Por favor me diga que está brincando comigo, Jack.

Ele balançou a cabeça negando.

"Por que você diria a sua esposa que a está traindo?"

Jack ergueu os olhos sob as sobrancelhas espessas que o faziam parecer um filhote de cachorro travesso.

"Eu não podia vê-la sendo indiferente e calma enquanto ela continuava escondendo nosso segredo sujo."

'Nosso segredo sujo, isso é tudo para ele ?, pensou Becky.

"Bem, o que ela disse?" Becky disse, fingindo que não tinha ouvido o último comentário enquanto caminhava de um lado da sala para o outro.

"Ela está disposta a nos dar outra chance. Se isso parar."

Becky parou de andar e olhou para o rosto de Jack.

"Nós? Você quer dizer que você e ela estão juntos depois de contar a ele?"

Jack assentiu.

"Você vai me deixar assim? Por que ela diz isso?"

"Ela é minha esposa."

"E o que eu era?"

"Você sabe o que é isso. Eu disse que nunca deixaria minha esposa. Isso sempre foi sexo entre você e eu."

Know Você sabe o que era isso. Passado. Já estava acabado em sua mente. Como ele pode fazer isso comigo? '

Apesar do fato de ele ter dito que nunca iria deixar Mary, Becky achou que poderia convencê-lo de que ela realmente era a mulher que ele precisava.

E não é assim?

Parecia que não.

Jack terminou a bebida e levantou-se para sair.

Becky se aproximou dele.

"Isso é tudo, então?" Ela disse, olhando para ele com raiva. "Você largaria assim e sairia?"

Jack suspirou enquanto a puxava para seguir pelo corredor.

"Becky, eu tenho filhos", disse ele, exasperado agora.

Oh não, ele não iria fugir disso facilmente.

Antes que tudo fosse elogios e mensagens zombeteiras e eróticas, com muitos beijos no final para me deliciar.

É isso que todo mundo faz, para conseguir o que quer.

Então, quando tiverem o suficiente, ficam na defensiva e tentam se livrar de você.

A verdadeira face de Jack agora foi mostrada.

Ela não era nada além de um pedaço de carne para ele, uma foda fácil.

Escumalha.

Uma prostituta.

Era assim que os homens sempre a tratavam. Jack não seria diferente.

"E daí? Muitas pessoas se divorciam hoje. As crianças superam isso. Eles ainda têm os dois pais", disse ela friamente.

"Eles são crianças, Becky", retrucou Jack. "Eles precisam de uma família. Segurança. Um pai que está sempre por perto. Ninguém que aparece algumas vezes por semana."

E eu que? ela pensou um pouco egoísta.

A mulher que não pode ter filhos.

A mulher que será sempre e sempre permanentemente estéril, incapaz de dar uma família a um homem.

O fenômeno.

O raro.

Aquele que só serve para se divertir, para foder.

Quem realmente a amaria?

"Eu irei à sua casa", ele ameaçou. "Vou contar a ela o que fizemos. Como você me levou para a floresta no seu carro e me fodeu no banco de trás. Onde os filhos dela se sentam todos os dias na viagem à escola. Como você me levou ao mesmo restaurante em que você a pediu em casamento Veja se ela muda de idéia então. "

Jack se virou na entrada, seus dedos deixando o capuz que estava prestes a levantar sobre a cabeça.

"Você não fará isso".

"Olhe para mim."

Becky viu, pela primeira vez, um olhar nos olhos de Jack que ela já vira em muitos homens antes.

Nojo.

O que eles tiveram entre eles, o que quer que tenha sido para ele, se foi.

Ela sabia que nunca iria recuperar isso.

Seu lábio superior se curvou quando ela puxou o capuz sobre a cabeça e se inclinou para pegar as botas.

Becky sentiu o calor desaparecendo de sua carne, a sensação fria de ser deixado para trás retornando.

Abandono.

Ela já sentiu isso muitas vezes antes.

"Você não pode simplesmente me deixar, Jack", ela implorou, sentindo o fluxo familiar de lágrimas brotando de seus olhos.

"Acabou", ele disse abruptamente, sua voz enrolada em raiva.

"Não faça isso comigo, Jack. Por favor!"

Ele amarrou o cadarço na bota e se endireitou, olhando-a debaixo do abrigo do capuz.

"Não chegue mais perto de mim ou da minha família. Se você vier, eu ligo para a polícia."

Ele levantou a mão e deixou cair a chave no chão.

A chave que ela lhe dera na esperança de que ele visse isso como seu verdadeiro lar, no qual ele acabaria morando permanentemente.

Foi a última facada em seu coração.

Ele puxou a porta e deu um passo rápido para o jardim.

Becky estava de pé no capacho, as bochechas brilhando com lágrimas à luz brilhante da sala de estar, observando sua figura alta atravessar a chuva.

Longe dela.

De volta à família dele.

Fora de sua vida para sempre.

Capítulo II

Becky olhou dentro do copo e sentiu a cabeça girar.

O uísque deixou um gosto amargo e amargo em sua língua.

Com os dedos trêmulos no copo, ela o pegou e jogou na parede da lareira.

Ele colidiu com o espelho, causando estilhaços de vidro e depois caiu em cascata no chão e carpete espesso.

Ela pulou do sofá e foi para o telefone.

Lágrimas brotaram em seus olhos quando ela pegou o fone de ouvido, mas ela disse que não iria mais chorar.

Ela mordeu o lábio, discando com determinação o número.

Depois de alguns momentos, uma voz masculina aguda respondeu.

"Olá?"

"Harry, aqui é Becky", disse ele, sufocando sua embriaguez com um bufo.

"Becky? Jesus, por que você está ligando agora? São duas da manhã."

"Desculpe. Eu só ... eu preciso estar com alguém."

"O quê? Agora?"

"Sim."

Ele ouviu um farfalhar do outro lado da linha, o farfalhar de sua garganta secar dos cigarros de Harry enquanto ele se movia pela cama.

"Você realmente está me acordando para foder no meio da manhã?"

Becky sentiu um nó no estômago com suas palavras.

E se ela realmente não precisasse de alguém para se satisfazer?

No entanto, Harry não se importava com isso.

Ele era apenas um homem típico, com apenas uma coisa em mente.

Ela parou a tentação de explodir.

"Por que não? É um momento tão bom quanto qualquer outro", disse ela, um pouco agitada.

"Eu tenho que estar acordado às seis."

"E daí? Você pode dormir amanhã à noite. E pelo menos vai trabalhar satisfeito ao invés de bocejar."

"Estou arrasado agora. A única maneira de evitar bocejar para o trabalho é mais algumas horas de sono e não de exercício".

Becky apertou os lábios em frustração e pegou seus cigarros que foram colocados ao lado do telefone.

Acendeu um e tomou uma longa e profunda chupada, depois esfregou a têmpora com o polegar enquanto soltava a fumaça espessa.

"Farei o que você quiser", disse ele, e a nicotina deu-lhe força suficiente para tentar seduzi-lo.

"O que?", Harry disse.

"Vou enfiar minha língua na sua bunda. Vou comer você como um homem come uma mulher."

Houve uma pausa e ele pôde sentir Harry pensando do outro lado.

Poucas mulheres estavam dispostas a comer a bunda de um homem e Harry tinha um ânus particularmente sensível, sua língua tinha a capacidade de fazer todo o seu corpo se curvar e gritar ao mesmo tempo.

No entanto, parecia que ele estava realmente cansado esta noite. Mesmo isso não foi suficiente para tentá-lo.

"Oh Becky. Você não poderia ter chamado uma hora melhor?

"Vou colocar minha trela. Vou te dar uma foda longa e difícil. É isso que você quer, Harry? Um. Longo. Difícil. Fodido."

Harry parecia nervoso e agitado quando respondeu.

Becky sabia que seu pênis estava duro como uma pedra debaixo das cobertas diante de sua coragem explícita e suja.

Mas não importava com o que ela tentasse tentá-lo, ele parecia não se mexer.

"Desculpe, Becky. Vou ter que passar. Que tal sexta à noite?

Becky viu o cinzeiro na mesa de café e apagou o cigarro.

"Você é como todos os homens, certo? Você acha que eu vou fugir quando você diz. Bem, você sabe Harry? Você pode se ferrar. Essa foi sua última chance e você estragou tudo".

"O que ... Becky?"

"Tchau Harry. Durma profundamente, se puder. Droga!"

Ele bateu o telefone no receptor.

Becky ficou sentada na cama por um momento, com o coração acelerado, o sangue fervendo, um milhão de pensamentos diferentes disputando precedência dentro de sua cabeça.

Como eles poderiam fazer isso com ele?

Uma e outra vez.

E por que ela continuou deixando-os fazer isso?

Cair na mesma velha armadilha repetidamente.

Ela sabia o que os psiquiatras diriam.

Você não se valoriza o suficiente.

Como ela pode esperar receber respeito quando ela nem se respeita?

Bem, isso é fácil para eles dizerem.

Eles querem saber como é se sentir uma prostituta que permite que os homens usem seu corpo como se fosse um pano sujo.

Uma mãe que ia transar com o namorado e deixou a filha sozinha em casa, com frio e com fome, sem ninguém que a quisesse.

Uma mulher que a convenceu durante anos de que seu pai não a amava.

Que ele os abandonou por causa dele.

Quando a verdade era verdadeira, ele ficou intimidado pela submissão a que estava sujeito e aterrorizado demais para voltar ao seu reinado de terror.

Becky enterrou o rosto nas mãos e deixou as lágrimas inundarem as palmas das mãos.

Você me deixou, papai.

Como você pode me deixar com aquela cadela psicopata?

Ela se sentou e se forçou a parar as lágrimas.

A tristeza se transformou em raiva como o toque de um botão.

O pai dela era um covarde.

Como todos os homens.

Eles andavam controlados pelas bolas que balançavam entre as pernas, mas não tinham coragem de usá-las.

Somente uma mulher poderia fazer isso.

A dor era demais.

Becky precisava de sexo.

Era a única coisa que a acalmava.

O sexo aliviaria a dor dentro dela.

Dor por não ser amada e por ser rejeitada, o que a fazia se sentir uma cadela suja e descartável.

Por alguns breves momentos, um beijo apaixonado, um desejo ardente de levá-la ao orgasmo, e ela se sentiria curada.

Tudo bem novamente.

Amado.

O único problema era que se tornara um vício.

E quando tudo terminasse, depois que os homens fossem embora e retornassem com suas esposas ou a próxima mulher disposta a abrir as pernas, aquele lugar escuro retornaria.

Até a próxima solução.

Becky não aguentou mais.

Já bastava.

Dessa vez alguém pagaria.

Capítulo III

A vingança é doce.

Ou é o que dizem.

Becky ponderou sobre isso enquanto escovava os longos cabelos negros no espelho da cômoda.

Ela estava nua, além de uma calcinha preta adornada com um pequeno laço vermelho.

Seus seios de quarenta e três anos eram tão firmes quanto os de uma mulher dez anos mais nova.

Foi um dos aspectos positivos de não poder ter filhos.

Manteve sua figura e seus esplêndidos encantos por mais tempo.

Quando as cerdas deslizaram pelo cabelo, ela experimentou uma calma que não sentia há anos.

Algo estava finalmente gerando dentro dela.

Você não será mais uma vítima.

Ela estava lutando.

Ela seria uma guerreira.

Ela selecionou um batom vermelho escuro da maquiagem e aplicou-o cuidadosamente nos lábios, adicionando um pouco de plenitude, dando um milímetro extra ao redor da borda.

A cor complementava seus cabelos escuros e pele oliva, dando-lhe uma aparência levemente mediterrânea que não poderia estar mais longe de sua herança britânica.

Ela tinha que admitir que parecia bem.

Ela pode ter uma voz um pouco rouca para tantos cigarros e uma infância de merda, para não mencionar a bebida, mas ela sabia como aparecer para fazer sexo.

Ela aprendeu essa habilidade com a mãe e, quando percebeu o quão duras eram as meninas do norte, também aprendeu a usá-la em seu proveito.

Garotas sexy tinham poder.

Eles podiam controlar os homens com seus corpos, seu perfume e um olhar provocante.

Quando Becky considerou, percebeu que era o que lhe permitira sobreviver por tantos anos.

Ele se levantou e caminhou até o espelho de corpo inteiro.

Inclinando a cabeça para o lado, ela segurou seus seios.

Ele fez beicinho com os lábios recém-pintados.

Sim, parecia bom o suficiente para comer algo apetitoso.

E para comer você também, ela pensou com uma risada sensual.

Na cama havia um vestido vermelho.

Curto.

Muito provocador.

Decote baixo para mostrar seus peitos.

Ela colocou os pés descalços nele e puxou-o pelo corpo.

Olhando no espelho, ela se virou e abotoou-o.

Ele admirava o tecido sedoso, enrugado nos quadris, acentuando sua forma típica de ampulheta.

Ao lado da porta havia uma fileira de sapatos de salto alto.

Becky se aproximou e colocou os pés em um par vermelho.

A cor da noite era escarlate.

Vermelho por sangue e assassinato.

Capítulo IV

O motorista do táxi parou do lado de fora do clube.

Becky notou que havia dois gorilas nas portas.

Ele pagou o taxista e saiu para a rua iluminada pela luz da rua, o ar suave tocando seus ombros nus enquanto a música do clube batia sob seus pés.

Ela fechou a porta do táxi e caminhou até a entrada, colocando a alça de sua pequena bolsa vermelha no ombro.

O Meeting Place era um clube de cavalheiros modernos que surgira na cidade alguns anos atrás.

Homens de todas as idades foram lá em suas últimas roupas, embebidos em frascos de loção pós-barba, tentando atrair as garotas do norte que chegavam ao seu cheiro como cadelas no cio.

Becky não foi exceção.

Mas hoje à noite ela estava decidida a um homem em particular.

O local era uma colméia de atividades, ocupada por uma noite no meio da semana.

Um cantor estava se apresentando no palco de um lado da sala e o bar do outro lado estava cheio dos caras mais velhos curvados sobre copos de cerveja.

Homens e mulheres estavam sentados em uma grande área cheia de mesas no centro da sala, conversando e olhando para o palco.

Becky foi ao bar e chamou um jovem e bonito garçom com o corte de cabelo de uma viúva.

"Ricky está aqui hoje à noite?", Perguntou ela.

O garçom assentiu. "Atrás."

Becky sorriu e se afastou do balcão, notando que os olhos dos homens mais velhos haviam se mudado de suas bebidas para ela.

Ele se certificou de que eles tivessem uma boa visão de sua bunda quando ele desapareceu por um corredor que levava aos escritórios nos fundos.

Ricky Morris era o proprietário de cinco boates na área de Maine.

Ele ganhou seu dinheiro com acordos não confiáveis na década de 1990 e abriu a cadeia de clubes masculinos que foi um sucesso instantâneo com garotos brincalhões do Norte.

Ele também era conhecido por trabalhar com strippers e prostitutas, fornecendo-lhes clientes e reduzindo seus lucros.

Becky o conheceu há dois anos no lançamento do Meeting Place.

De todas as mulheres atraentes e garotas bonitas que estavam lá naquela noite, era com ela que ele se aproximara.

Talvez ele reconhecesse algo de si nela, um traço masculino que agradava sua natureza ambiciosa e empreendedora.

Uma mulher que não se curvava ou se lisonjeava por seu dinheiro e boa aparência.

Uma mulher que jogaria duro para conseguir o que queria.

Becky bateu na porta, mas não esperou uma resposta.

Ao entrar no quarto, ele viu um lampejo de carne e sentiu o cheiro inconfundível de sexo.

Uma mulher na casa dos vinte estava deitada na mesa, os seios nus expostos através de um vestido que ainda estava enrolado na cintura.

Ricky estava transando com ela de uma posição ereta, calça preta ao redor dos tornozelos, suor brilhando na cabeça raspada.

Ele virou a cabeça com a interrupção.

"Porra." Ele se afastou da mulher e Becky viu seu pau grande, inchado de emoção, escorregadio com o suco da mulher.

Quando ele viu quem havia entrado na sala, suspirou, inclinou-se e puxou as calças.

A mulher na mesa cobriu os seios, tentando esconder seu constrangimento com uma risada sensual.

Vadiazinha, Becky pensou, entrando sem vergonha no escritório.

Ricky estava prendendo o cinto de couro na cintura quando balançou a cabeça para a garota sair.

Ainda cobrindo os seios, ela escorregou timidamente da mesa, pegou os sapatos de salto alto e saiu na ponta dos pés da sala.

Ricky deu a volta na mesa, olhando para Becky, o rosto corado.

Ele pegou um lenço no bolso da camisa, limpou a testa e enfiou a mão na gaveta para pegar uma cigarreira de prata.

"A que devo o prazer?", Ele disse, abrindo a caixa e pegando um cigarro colorido.

Ele ofereceu um para Becky.

Ela manteve os olhos nele quando ele caminhou até a mesa e pegou um dos cigarros.

Foi escarlate.

"Verificando a qualidade da mercadoria de novo?" Ele disse, colocando o cigarro vermelho entre os lábios.

Ricky estreitou os olhos azuis afiados quando acendeu o cigarro e depois segurou o isqueiro para acender o de Becky.

"Qual é o seu ponto de me interromper, entrando aqui sem aviso?"

Becky tragou um pouco do cigarro aceso.

Ela soprou a fumaça que se arrastava em direção ao teto em um fio fino.

"Vejo que você está ocupado ultimamente."

Ela olhou para a mesa com um sorriso.

As pegadas de suor onde estavam as nádegas da mulher ainda estavam presentes na superfície do vidro.

Ricky sentou-se pesadamente.

Becky quase podia ouvir seu coração disparar, sangue ainda bombeando seu corpo pela sessão de sexo interrompida.

Ele a estudou curiosamente.

"Já terminou?"

Becky balançou a cabeça.

"E daí? Percebo algo diferente em você."

Becky jogou os cabelos para trás e olhou para o grande aquário brilhando atrás da cabeça de Ricky.

Peixe grande em um lago muito pequeno, ele pensou ironicamente.

Ele podia ter dinheiro e poder sobre as mulheres, mas sentado em sua cadeira sem ter idéia do que estava prestes a acontecer, ele era tão fraco e patético quanto qualquer outro homem.

"Acho que deve ser o clima do mês", disse ele secamente.

Ele tirou a bolsa do ombro e a colocou cuidadosamente na superfície de vidro sobre a mesa.

Ricky observou seus movimentos com interesse.

Ele deu a volta na mesa e apoiou as nádegas na borda dura.

Ricky girou a cadeira, recostou-se e a estudou.

"Você está ansioso por isso", disse ele com cuidado.

"Quando não vou?", Ela respondeu.

Ricky sorriu.

Ele amava isso nela.

Aquele apetite ousado e disposto ao sexo.

Especialmente de uma mulher.

Isso o deixou duro em segundos. Becky esperou para ver seu pênis voltar a despertar enquanto movia o corpo para revelar seus seios.

"Você é uma prostituta", disse Ricky. "Nada te impede, não é? Nem mesmo segundos descuidados em uma putinha.

"Ela era apenas o aperitivo. Eu sou o prato principal. O sexo real."

Becky puxou o vestido pela coxa e passou os dedos entre as pernas.

Ela havia tirado a calcinha antes de sair de casa, para ter acesso fácil aos lábios nus entre as pernas.

Ele olhou para Ricky e deu outra tragada no cigarro.

A protuberância que continuava crescendo em suas calças lhe disse que ele planejava estar dentro dela em segundos.

Sua boceta umedeceu com o pensamento, intensificada pelo conhecimento de que desta vez a satisfação seria mais doce do que qualquer outra.

Ela colocou as mãos na superfície de vidro, deixando traços pegajosos de sua vagina almiscarada, e manobrou para se posicionar diretamente na frente de Ricky.

Ela colocou os dois calcanhares nos braços da cadeira, abrindo as pernas para dar uma visão completa do que havia entre as pernas.

Excitação brilhou nos olhos de Ricky quando ele olhou para baixo e viu o doce escondido sob o vestidinho vermelho.

"O que eu devo fazer com isso?" Ele disse ironicamente, erguendo a sobrancelha.

Com os cotovelos na mesa, Becky ainda conseguiu fumar enquanto respondia com um sorriso sensual.

Sem palavras.

Ricky apagou o próprio cigarro, esmagando-o descaradamente no copo.

Ela respirou pelas narinas, talvez para ter um gostinho perfumado do que estava por vir, encharcando os dedos longos na frente dos belos lábios.

"Eu vou comê-lo até sua boceta pingar na minha boca."

Becky formigou em sua vulva enquanto apertava seus músculos.

Ela sempre amou um garoto que gostava de comer buceta.

Ricky ficou feliz em saturar o rosto no suco, fazendo coisas com a língua que o mandariam para outro lugar.

Seria o caminho mais humano a seguir, ele pensou.

Medo eufórico.

Suas mãos grandes tocaram seus joelhos e espalharam suas pernas ainda mais.

Becky olhou para ele com um fascínio sombrio, avaliando a emoção em seus olhos de aço.

Ele lambeu os lábios de brincadeira.

Becky sorriu conscientemente.

Então, antes que ela pudesse fazer qualquer outra coisa, a cabeça dele estava entre as pernas dela e sua língua quente e molhada estava entrando dentro dela.

A cabeça de Becky caiu para trás quando ela ofegou de prazer.

"Ah Merda."

Ricky balançou a cabeça vorazmente, lambendo sua carne pegajosa.

Coma, prove, respire seu perfume almiscarado.

"Delicioso", Becky o ouviu dizer com seu profundo sotaque de Vermont.

Nem remotamente ele iria saborear algo tão delicioso quanto a doce vingança dela, ele pensou.

Ricky abriu o zíper da calça e puxou o pênis, empurrando-o com movimentos rápidos e duros do pulso.

Becky se perguntou brevemente se ele preferia sua boceta à que ele estava fodendo minutos antes.

Então ela decidiu que não se importava mais.

Todos os homens eram iguais.

Idiotas que abusam de prostitutas e chupam xoxotas. Mesmo se eles tivessem a capacidade de enviar você a lugares que você nunca soube que existiam.

A língua de Ricky era divina!

Becky olhou para baixo e viu o couro cabeludo redondo e brilhante subindo e descendo.

Esse foi o momento dele.

Respirando fundo, ela parou por um momento, depois juntou as coxas em um movimento rápido, fechando o pescoço de Ricky entre as pernas.

Ele engasgou e tentou se afastar, mas sem sucesso.

Becky enfiou a mão na bolsa vermelha e tirou uma faca.

Ela agarrou o punho com as duas mãos e o ergueu sobre a cabeça de Ricky.

Ele continuou balbuciando, agarrando suas coxas para abri-las.

Mas ela não conseguiu.

Ela não podia deixar cair a faca na cabeça.

Agora que o momento estava aqui, não parecia mais uma fantasia.

Parecia um pesadelo.

Ela não era uma assassina.

Ela não poderia se tornar algo que não era.

Eles a mataram por dentro e ela os desprezou por isso, mas matar a sangue frio a fez outra coisa.

Isso a fez menos do que eles.

Becky soltou a pressão de suas coxas na cabeça de Ricky.

Ele saiu da armadilha, ofegando e esfregando o pescoço.

"Cadela louca, puta", ele gritou. "O que está jogando?"

Becky já havia escondido a arma na bolsa antes de Ricky cuspir sua raiva.

"Eu pensei que você gostaria de tentar algo um pouco duro", ela ofegou, fazendo o possível para esconder o medo em sua voz.

Ricky abriu as pernas e se levantou.

"Eu não conseguia respirar!"

Becky mexeu no vestido e saiu da mesa de vidro.

Enquanto se levantava, ele notou a expressão de dúvida nos olhos de Ricky.

"Oh, vamos lá", disse ela. "Foi divertido."

Ele conseguiu manter um sorriso enquanto seu coração batia freneticamente dentro do peito.

Ricky não disse nada, procurando em seus olhos algum tipo de engano.

Ele seria o único que teria sangue nas mãos se soubesse que ela tinha planejado matá-lo.

Becky foi até ele e se inclinou perto do rosto dele.

Ela beijou sua bochecha corada, deixando seu lábio escarlate estampado em sua pele.

"Já tive o suficiente por hoje. Ficarei melhor", disse ela.

Ela pegou sua bolsa da mesa e caminhou até a porta.

Ela podia sentir os olhos de Ricky fixos nela.

Penetrante.

Acusatório.

"Espere", ele disse.

Becky parou.

O coração dela congelou.

Lentamente, ele se virou.

O contorno escuro de Ricky estava delimitado pelo brilho da água do aquário enquanto ele esperava que ele falasse.

"Você vai querer seu dinheiro", disse ele.

Becky franziu o cenho.

"Que dinheiro?"

"Eu sempre pago minhas garotas favoritas."

Becky estudou os olhos dela.

O que ele estava fazendo?

"Você nunca teve antes."

"Já era hora de eu fazer isso."

Ele pegou um talão de cheques da mesa.

Ele tirou uma caneta do bolso da camisa e rabiscou algo nela.

Quando ela segurou a Becky, ela sentiu o pescoço coçar.

Ricky deu-lhe o cheque.

Becky pegou e olhou a quantia.

Quarenta mil dólares.

Ela empalideceu e olhou para Ricky, incrédula.

"Por serviços devidos", disse ele.

Becky olhou de volta para a figura forte.

Quarenta mil dólares.

Ele pagaria sua hipoteca.

Ela poderia comprar um carro novo.

Flutuar para fora.

Compre roupas novas.

Sapatos de grife.

Ricky não estava sorrindo enquanto a observava estudar o cheque.

O olhar que ela deu a ele era de preocupação.

Becky olhou nervosamente em seus olhos azuis de aço.

Ele sabia que ela tentara matá-lo.

Ele estava pagando por isso.

Pegue o dinheiro, me deixe em paz, não venha.

Ela não queria decepcioná-lo.

Ele conseguiu sorrir e depois se virou para sair da sala, a mão tremendo ainda segurando sua nova fortuna.

FIM

69

9 798227 038500